Les deux BOSSUS

Richard Demarcy

Illustration de couverture
Isabelle Barthel

MAGNARD

QUE D'HISTOIRES ! CM2

« Que d'histoires ! » CM2
animée par Françoise Guillaumond

Conception graphique :
Valérie Goussot et Delphine d'Inguimbert

5, allée de la 2e DB
75015 Paris

www.magnard.fr

Un bossu déambule dans l'espace effectuant quelques passages de long en large, se demandant où il met les mains : croisées sous sa bosse ou devant sur son ventre un peu rondelet ? Il est très bien vêtu, avec une queue-de-pie noire et un chapeau melon aussi rond que sa bosse.
Évidemment, il regarde par terre, et vers le haut, par en dessous. Il consulte sa montre de gousset et visiblement attend, shootant même dans un tout petit caillou. Puis il se décide. C'est l'heure. Il frappe à une porte (qu'il a sans doute dessinée à la craie sur le sol).

LE PREMIER BOSSU. – Bossu où es-tu ? Bossu es-tu là ? Eh Bossu ! Où es-tu ?

Une voix derrière la porte.

LE DEUXIÈME BOSSU. – Je suis là, Bossu.

LE PREMIER BOSSU. – Tu as fini ton travail ? Tu as tout ressemelé ?

LE DEUXIÈME BOSSU. – J'ai fini mon travail. J'ai tout ressemelé.

Le premier bossu. – Alors Bossu, allons nous promener avant que la nuit tombe.

Le deuxième bossu sort et ils déambulent tous deux côte à côte comme deux frères amis ou comme Tweedledum et Tweedledee allant à la forêt.

Le deuxième bossu. – Tu sais Bossu, de quoi ils m'ont traité ce matin en me voyant passer ?

Le premier bossu. – Non.

Le deuxième bossu. – De « chameau » ! « Hé ! chameau ! » qu'ils m'ont crié, « je peux toucher ta bosse ? »

Le premier bossu. – Eh bien, ça c'est nouveau. Et qu'est-ce que tu as fait ?

Le deuxième bossu. – Que voulais-tu que je fasse ? J'ai haussé les épaules, trois fois, ça a fait remuer ma bosse et ils se sont enfuis.

Un silence, ils marchent côte à côte.

Et tu sais de quoi ils nous ont traités ce midi en nous voyant passer tous les deux ?

Le premier bossu. – Non ? Non ?

Le deuxième bossu. – « Hé, dromadaire ! », qu'ils ont crié.

Le premier bossu. – Non, ça doit être l'inverse. Ce matin dromadaire et ce midi chameau : une bosse le matin, deux bosses le midi et le soir.

Le deuxième bossu. – Ah oui, tu as raison.

Ils marchent en silence.

Le premier bossu. – Allons n'y pense plus. Et puis après tout, ça veut dire que nous sommes très endurants.

Le deuxième bossu. – Ah ! oui, tu as raison. Endurants et ruminants.

Ils marchent en silence.

Le premier bossu. – À part ça, tu as bien bossé ?

Le deuxième bossu. – Oui, j'ai bien bossé Bossu, j'ai tout fini. J'ai tout ressemelé. Tiens, voilà la forêt.

Les deux bossus se promènent dans la forêt. Ils regardent par terre et vers le haut par en dessous.

LE DEUXIÈME BOSSU. – Oh ! quelle belle forêt ! Les arbres sont si grands et si hauts. Et ces fleurs sentent si bon.

LE PREMIER BOSSU. – Oh ! Tiens, là, regarde, un gros scarabée avec sa grosse carapace de petit bossu ! Tu l'as vu ?

LE DEUXIÈME BOSSU. – Non…

LE PREMIER BOSSU. – On lui a fait peur, il s'est enfui. *(Ils cherchent.)* Il est par là ! Il a dû nous prendre pour des géants.

Le deuxième bossu cueille les fleurs pendant que le premier bossu tente de suivre le scarabée qui file dans les herbes.

LE PREMIER BOSSU. – Eh ! Eh ! Petit ! Petit bossu. Eh !

LE DEUXIÈME BOSSU. – Oh ! Que la terre est basse. Mais ces fleurs sentent si bon. Oh ! Après tout ce n'est pas nécessaire que je ramasse toutes ces fleurs maintenant. Je vais les cueillir au retour. Tiens je vais m'asseoir sur cette grosse pierre ronde. *(Il renoue son lacet, met son mouchoir sur son visage à cause du soleil, il a sa brassée de fleurs sur les genoux. Il regarde autour de lui.)* Et alors Bossu, où es-tu encore passé ? Mais oui, où est-il passé ce diable de Bossu ? *(Il l'appelle.)* Bossu ! Bossu ! Ah ! Bossu, reviens, la nuit noire tombe. Vite Bossu, bientôt on n'y verra rien. Bossu ! Reviens Bossu ! Reviens ! Chameau ! Méchant Bossu qui ne revient plus !

Il sort en appelant « Bossu, Bossu, reviens vite, la nuit noire tombe. » Le premier bossu perdu dans la forêt rentre à son tour.

LE PREMIER BOSSU. – Oh ! Mon Dieu, mon Dieu, dieu des bossus, je suis perdu, je ne sais plus où je suis et cette forêt est si profonde. Par là ? Par là ? Je tourne en rond autour d'une bosse sans trouver de sortie. Tout ça à cause de ce méchant scarabée bossu ! Et Bossu qui m'attend ! *(Il appelle.)* Bossu ! Bossu ! *(Puis il a peur de sa propre voix.)* Chut, Bossu ! Tais-toi Bossu ! Si on t'entendait. Et cette terre qui est ronde comme une bosse et qui devient noire, toute noire. Et maintenant, c'est la nuit toute sombre. *(Il hésite à avancer le pied.)* On ne verrait même pas une bosse. *(Il s'assoit sur une pierre et pleure à chaudes larmes avec un grand mouchoir.)* Bossu, arrête ! Cesse de pleurer ! Tu vas perdre toutes tes réserves d'eau. Arrête, je te dis Bossu-Chameau.

Il arrête de pleurer avec des snifs descrescendo mais avec des secousses quand même. Soudain…

UNE VOIX *(très lointaine).* – Bossu ! Bo… ssu ! Bo… ssu !

LE PREMIER BOSSU *(se levant brusquement).* – C'est lui ! C'est lui, c'est Bossu, c'est Bossu second, le roi des bossus ! Chut ! *(Il écoute mais plus rien, et il hésite à appeler tout bas son ami Bossu dans cette nuit noire. Il chuchote.)* Bossu… Bossu ! Chut ! Non, ce n'était pas ce méchant chameau de Bossu qui m'a abandonné, c'est le vent... Oh la la, que j'ai peur. *(Il se rassoit sur sa pierre.)* Et maintenant, j'ai si peur que je ne peux plus bouger ! Oh ! Mon Dieu, dieu des Bossus, si tu existes aide-moi ! Pouah ! Bien sûr, tu n'existes pas, il n'y a pas de dieu des bossus ! Pour les bossus il n'y a rien que des injures et des cailloux ! *(Il repleure et se lève.)* Aïe ! Aïe !... Tiens, j'en ai un dans ma chaussure. Aïe ! Aïe ! *(Il se rassoit et essaie d'enlever sa chaussure qui résiste.)* Ah ben ça alors ! Elle ne veut pas sortir... Aïe ! *(Il essaie de multiples manières.)* Mais qu'est-ce qu'elle a ? Ah, ça alors, quelle mauvaise têtue ! *(Il la menace, lui parle gentiment, mais rien n'y fait.)*

Allez je t'en prie, sois gentille, fais un effort, va te promener et donne-moi le petit caillou, allez fais un effort, vas-y ou je te... Rien à faire ! Têtue comme une tête de mulet ! *(Il réfléchit, toujours accroché à sa chaussure, et soudain il se souvient.)* Ah! Mais c'est vrai, mais Bossu tu t'y prends mal...

C'est toujours l'autre en premier. *(Il essaie en enlevant l'autre chaussure doucement. Elle sort facilement, puis enfin celle du caillou.)* C'était ça ! Rappelle-toi bien, Bossu : celle de droite, elle déteste sortir en dernier et celle de gauche en premier. Et l'autre paire, c'est l'inverse. Au fond, c'est incroyable ce qu'une chaussure ça peut être susceptible. Et les boutons de chemise ! Alors ceux-là, n'en parlons pas... Tiens, tu aurais bien besoin d'être ressemelée toi aussi.

Ah te voilà, toi, méchant petit caillou qui as tant fait souffrir le joli petit pied de Bossu perdu. *(Il l'examine comme un diamant.)* Mais dis donc tu es drôlement fichu ! Je comprends que tu me fasses mal. Tu ressembles à une petite dent prémolaire, et drôlement bien affûtée ! Ça, ça devait être la dent prémolaire d'un enfant préhistorique qu'était venu dans cette forêt pour perdre ses dents, ou qui les a semées exprès... Quoi ?... Qu'est-ce ? J'ai la biglue ou je n'ai pas la biglue ? *(Il regarde derrière son mouchoir tellement il a peur.)* Une ombre ? Une ombre a traversé l'allée !

Non, Bossu, tu n'as pas la biglue, elle est là. Elle traverse la clairière. Oui, Bossu, tu la vois bien sous la lune ! Mais oui, c'est quelqu'un ! Sauvé ! Eh ! Eh ! Chut ! Non… Chut ! Attention ! Et si c'était… Oh ! la, la ! je vais la suivre. Peut-être qu'elle indiquera à Bossu la route pour retrouver Bossu… Ah ! Ce qu'elle va vite ! *(Roulant sur sa bosse et à patins à roulettes, il suit l'ombre.)* Ah ! la voilà… Où est-elle, je l'ai perdue de vue, il faudrait mieux mettre le grand braquet ! *(Il accélère.)* Ah ! La voilà, elle entre dans la grande clairière. Attention !… Eh, freine Bossu.

Il se cache derrière un arbre pour regarder. Il voit arriver un cortège de sorciers et de sorcières portant des masques d'animaux qui effectuent une sarabande. Ils chantent le « chant des métamorphoses » et s'assoient en cercle avec leur chef à tête de bouc au milieu. Celui-ci jette pétales

et feuilles mortes sur l'assemblée et ils répètent les dernières paroles du chant, « Tous les jeudis, les vendredis et les samedis », quand ils sont interrompus par le bossu.
Sarabande, ronde et cortège des sorciers sous la lune.

LE CHANT DES MÉTAMORPHOSES

UN SORCIER. – Si le jour du jeudi,
tu me suis encore
je te ferai carpe dans l'étang
poisson dans l'océan,
aigle en plein vent.

UN AUTRE. – Si, le jour du vendredi,
il t'a fait carpe dans l'étang
je te ferai pêcheur pêchant
et tu pêcheras la carpe dans l'étang
et le poisson dans l'océan.

UN AUTRE. – Si, le jour du samedi,
tu me suis encore
je te ferai rose dans un vert pré
et je prendrai la forme du jardinier
et cueillerai la rose sur le rosier.

Un autre. – Si, les jours du jeudi
du vendredi et du samedi,
tu me suis encore
je te ferai
nuage en plein ciel, nuage blanc

Un autre. – Et si tu me suis encore,
tous les jeudis, tous les vendredis, tous
les samedis…

Chœur. – Nous te ferons carpe dans
l'étang, poisson dans l'océan,
Nous te ferons étoile au firmament,
tous les jeudis, tous les vendredis,
tous les samedis…

Le bossu caché répète ces derniers mots tout bas avec eux et de plus en plus fort.

Le premier bossu. – Tous les jeudis, tous les vendredis, et tous les samedis…

La sarabande s'arrête net et le bossu continue seul.

Le premier bossu. – Tous les jeudis, tous les vendredis, et tous les samedis…

LE CHEF DES SORCIERS *(aux autres)*. – Chut !... Vous avez entendu ?

UN DES SORCIERS. – Oui, il y a quelqu'un, ici, qui nous épie.

LE CHEF DES SORCIERS. – Qui est là ? Qui est là ?... Il ne répond pas. Allez le chercher. *(Il les arrête du bras.)* Attendez. Une dernière fois. Réponds ! Qui est là ?

LE PREMIER BOSSU *(caché)*. – C'est moi.

LE CHEF DES SORCIERS. – Qui, toi ?

LE PREMIER BOSSU. – Moi, le bossu.

LE CHEF DES SORCIERS. – Sors du bois et viens ici. *(Le bossu sort de sa cachette.)* Approche, que nous te voyions, que la lune t'éclaire. Ah !... Très bien ! *(Aux autres.)* Tracez un cercle et mettez-le au centre.

Ils tracent autour de lui un cercle, de farine, de craie, ou de feu. Il se met tout tremblant au milieu du cercle à quatre pattes, sa grosse bosse le cachant.

LE CHEF DES SORCIERS. – Mais dis donc, c'est vrai, il est sacrément bossu ce bossu.

LE DEUXIÈME SORCIER. – Bossu comme la pleine lune est bien ronde.

LE CHEF DES SORCIERS. – Eh ! Bossu, sais-tu pourquoi la lune a des taches ?

LE PREMIER BOSSU (*très content et fier de lui*). – Oui je sais, je sais… Parce que, parce qu'au début la lune et le soleil s'approchaient de la terre, et les hommes avaient trop chaud, beaucoup trop chaud. Ils rôtissaient sur terre. Alors un jeune homme courageux est monté sur une montagne très haute, s'est bien caché et quand la lune est apparue il lui a lancé des cailloux et des poignées de sable en plein visage. La lune a eu si peur que maintenant elle ne descend pas plus bas.

UN SORCIER. – Pas mal. Pas mal.

LE CHEF DES SORCIERS. – Mais ce n'est pas cela Bossu. Connais-tu une autre explication ?

Le premier bossu *(réfléchit)*. – Peut-être que ce sont les traces des hommes quand ils sont allés là-haut pour visiter et ramasser des cailloux de lune… Ils auraient d'ailleurs bien pu donner un coup de balai avant de partir…

Le chef des sorciers. – Non, ce n'est pas cela Bossu. À la vérité, la lune, à l'origine, était la bosse d'un bossu. Tout le monde disait voyant le bossu passer « V'là le bossu, touche-lui la bosse ça porte chance ». Le bossu en était très fier. Un jour, à la foire, un enfant qui avait encore les mains pleines de confiture courut vers le bossu et lui a sali sa bosse. Le bossu très vexé de voir sa bosse pleine de taches a décidé de s'éloigner très loin pour ne plus jamais être importuné.

Le premier bossu. – Mais où est le bossu ? Là-haut, il n'y a que la bosse.

Le chef des sorciers. – Bien sûr. Pour finir, le bossu est redescendu sur terre, et il a laissé sa bosse là-haut pour que tout le monde la voie et se souvienne de lui.

Le premier bossu. – … et se souvienne aussi de l'enfant aux mains pleines de confiture !

Le chef des sorciers. – Exact ! C'est bien vu. Dis donc Bossu, tu es malin Bossu…

Le premier bossu. – Oui mais hélas, moi je n'ai pas le pouvoir de l'autre bossu et j'ai bien trop peur du noir.

Le chef des sorciers. – Il est sympathique ce bossu et avec nous il sait dire : « Tous les jeudis, tous les vendredis et les samedis… » *(Il pense tout haut.)* Si tu me suis encore… Si tu me suis encore…

Le deuxième sorcier. – Il mérite une récompense.

Le chef des sorciers. – Oui, tu le mérites. Nous allons te récompenser Bossu. Assieds-toi là.

Cérémonie du sacre.
Deux sorciers l'installent sur une chaise haute. Ils le nettoient, le parfument, lui mettent chapeau fleuri et chaussures neuves brillantes. Ils lui donnent une belle canne et lui versent lentement sur le visage des pièces d'or et d'argent qui tombent dans toutes les poches. Heureux, il chante un chant mélancolique.

Chant du Bossu

Je me souviens de la nuit étoilée
De la forêt, et d'un scarabée.
Où dois-je aller ?
Je regarde la nuit,
La nuit étoilée,
Et je me demande d'où vient
cette beauté ?
D'où vient cette planète ?
Et l'autre à côté ?
Et les autres là-bas
Qui brillent comme les yeux d'un chat
Dans l'obscurité ?

Et l'enfant disait, bouche bée :
Est-ce là-haut les fenêtres d'un grand château,
Les fenêtres allumées ?
Je veux y aller
Mais la nuit, qui l'a faite ?
D'où elle vient, dois-je y aller ?
Et qui a lancé cette poignée
De diamants dans l'obscurité
Pour en faire la nuit étoilée ?
Un jour, sans peur, j'irai les chercher.

Le chef des sorciers. – Et pour vraiment te récompenser, nous allons te remettre droit. Le veux-tu ?

Le premier bossu. – Oh ! que oui, cette bosse est si lourde !

Le chef des sorciers. – Alors, ferme les yeux.

Le chef des sorciers s'approche avec une grande hache et la levant très haut il frappe la bosse de toutes ses forces. Puis très vite, il tire de la fente un long voile d'où s'échappent des centaines d'oiseaux. Le bossu libéré s'élève tout droit.

LE CHEF DES SORCIERS. – Voilà, maintenant tu peux partir. Prends par là, et marche toujours dans la même direction, tu retrouveras ton village.

Heureux, le bossu repart au village : il court ouvrant son parapluie et sautant. Essoufflé, il arrive à l'entrée du village. Le deuxième bossu est là, assis sur une pierre, pleurant toujours avec un immense mouchoir. L'autre s'approche.

L'EX-BOSSU. – Eh ! Pourquoi pleures-tu Bossu ?

LE DEUXIÈME BOSSU. – J'ai perdu mon ami Bossu.

L'EX-BOSSU. – Vraiment, tu es sûr ?

LE DEUXIÈME BOSSU. – Oui, sûr ! Je l'ai cherché partout. Je l'ai appelé, il ne répond plus. Il suivait un gros scarabée bossu alors que je cueillais des fleurs et il s'est sans doute perdu, il a peut-être même roulé avec sa bosse au fond d'un fossé profond *(il pleure bien sûr)* ou encore pire il est tombé dans une mare et sa bosse l'aura entraîné au fond de l'étang. *(Il pleure encore plus en évoquant l'eau.)*

L'EX-BOSSU. – Allons, retourne-toi, et regarde-moi au lieu de toujours parler dans ton nez. Tu me vois ?...

LE DEUXIÈME BOSSU. – Non, je n'y vois rien. J'ai les yeux pleins de larmes et de brouillard.

L'EX-BOSSU. – Alors essuie-toi les yeux et ouvre-les grands, diable de Bossu.

Ce que fait le deuxième bossu, et il les écarquille drôlement.

LE DEUXIÈME BOSSU. – Mais c'est toi ! C'est toi ! Toi, chameau de Bossu perdu ! Bosse de chameau dodu, c'est toi ! Dans mes bras ! *(Ils s'étreignent, se battant les mains dans le dos.)* Mais tu as grandi… Mais… Mais… *(Il le tapote.)* Mais où est ta bosse ? Tu as perdu ta bosse ?

L'EX-BOSSU. – Eh ! Oui. Elle est là-haut, dans les nuages, avec la lune qui est une belle bosse de bossu… avec tout de même quelques traces de doigts et une grande cicatrice dessus.

LE DEUXIÈME BOSSU. – Sacré Bossu ! Mais comment as-tu fait ? Que t'est-il arrivé ? Et ce que tu es grand ! *(Il pleure soudainement.)* Ah ! ce que tu as de la chance. Et moi ? Et moi maintenant je vais être seul à recevoir les injures et les cailloux. Ah ! Quel malheur ! Fini le « chameau » le matin, le « dromadaire » à midi ! Ah ! Quel malheur d'être bossu tout seul, tout seul le Bossu !

L'EX-BOSSU. – Cesse de te plaindre diable de Bossu. C'est simple. Tu vas dans la forêt, tout droit. Au grand carrefour tu t'assois sur la pierre, la pierre sur laquelle il y a le petit caillou qui ressemble à une dent prémolaire d'enfant préhistorique, tu attends la nuit, et soudain tu verras une ombre passer. N'aie pas peur et suis-la. Attention, elle va vite. Tu arriveras à une grande clairière où une assemblée de sorciers et de sorcières dansent, sarabandent et répètent : « Tous les jeudis, tous les vendredis et tous les samedis. » Et tu répéteras cette phrase avec eux et surtout quand ils s'arrêteront. Alors ils te donneront comme à moi de l'or et te remettront droit aussi. Eh, oui ! diable de Bossu, droit aussi. Allez, file et surtout fais bien ce que je t'ai dit. Tu as bien tout compris ?

Le deuxième bossu. – Tout compris. « Tous les jeudis, les vendredis et les samedis. » *(Et il court vers la forêt. Aucune peur ne vient corriger cette folle euphorie qui le gagne de plus en plus).* Allez Bossu, vite par là. Ah ! Voilà le grand carrefour, et la pierre ! Et la dent prémolaire de l'enfant préhistorique.

Allez Bossu, assieds-toi et patiente. Ouvre bien les yeux et ne t'agite pas Bossu ! Sois patient ! L'ombre ! La voilà ! Hop Bossu, hop, hop, hop ! Et là, voilà la grande clairière sous la lune. Attention ! Oh la, la ! quelle histoire ! Tous ces sorciers et ces sorcières ! Ce qu'ils dansent bien ! *(Tout bas.)* « Tous les jeudis, les vendredis et les samedis. » Ah ! Ça y est ils vont le dire. C'est à moi. *(Il répète avec eux.)*

LES SORCIERS *(fragment du chant des métamorphoses et la formule)*. – « Tous les jeudis, tous les vendredis et les samedis. »

Coups de sifflet et de tambour du chef des sorciers.

LE DEUXIÈME BOSSU. – C'est à moi. *(Il saute au milieu de la clairière et s'écrie.)* « Tous les jeudis, les vendredis et les samedis. Et tous les dimanches. »

Volée de cloches, toutes les cloches dominicales, de baptême, de mariage, de vêpres ou d'enterrement s'y mettent. Les sorciers s'enfuient de tous côtés et se cachent. Un grand silence. Bossu est tout interloqué par ce qu'il a provoqué.

UN SORCIER *(sortant de son trou).* – Mais non ! La lune est encore tout là-haut. Qui c'est celui-là ? Encore un bossu ! On va le rosser ! *(Ils le battent à tour de bras.)* Tiens ! Tiens ! Pour les dimanches ! Tiens ! Tu l'as bien mérité.

UN AUTRE SORCIER. – Et maintenant renvoyons-le chez lui avec un bon souvenir. J'ai une idée. Collons-lui l'autre bosse, et par-devant.

Aussitôt dit, aussitôt fait. Et voilà Bossu doublement bossu qui s'en retourne au village avec une bosse par-derrière et une par-devant. Du coup, il court un peu en déséquilibre comme les culbutos. Si par malheur il tombe, il aura bien du mal à se relever, comme les gros hannetons atterris sur le dos.

Le deuxième bossu. – Oh ! la la, dans quel état me voilà. Quels méchants sorciers ! Me voilà bossu par-devant, bossu par-derrière. Je suis sacrément bossu maintenant. Je suis le plus bossu des bossus. Ah ! Et si au moins bossu devant par bossu derrière, ça faisait fini le bossu comme moins par moins fait égal à plus. Mais non ! Une bosse n'annule pas l'autre, bien au contraire. Méchants sorciers du jeudi, du vendredi, du samedi, oui, oui et oui, du dimanche ! *(Il leur crie.)* Méchants sorciers du dimanche, oui ! Je vais en entendre du « chameau » en arrivant. Tiens, voilà Bossu qui lui n'est plus bossu, qui m'attend.

L'ex-bossu. – Alors ! Mais qu'est-ce qu'il t'arrive ? Fais-toi voir ! Mais tu es bourré de bosses.

Le deuxième bossu. – Tu peux le dire ! Les méchants sorciers, ils m'ont boxé, rossé, à coups de poing, à coups de pied. Et pan, et pan, de tous les côtés ça pleuvait. Et pour finir ils m'ont collé cette autre bosse par-devant. *(Il s'examine.)* Ça fait drôle non, par-devant ?

L'EX-BOSSU. – Mais qu'est-ce que tu as bien pu faire ? Tu n'as pas fait exactement ce que je t'ai dit ?

LE DEUXIÈME BOSSU. – Si, si exactement. Mais c'était de très méchants sorciers.

L'EX-BOSSU. – Tu as été jusqu'au grand carrefour ?

LE DEUXIÈME BOSSU. – Si, si exactement. Mais c'était de très très méchants sorciers.

L'EX-BOSSU. – Tu as vraiment été jusqu'au grand carrefour ? Vraiment ?

LE DEUXIÈME BOSSU. – Bien sûr, tout de suite sans traîner, ni batifoler ; je n'ai même pas prêté attention au scarabée petit bossu.

L'EX-BOSSU. – Tu t'es bien assis sur la pierre

ronde où il y avait la dent prémolaire de l'enfant préhistorique et tu as attendu ?

Le deuxième bossu. – Bien sûr, exactement comme tu avais dit, sur la pierre ronde.

L'ex-bossu. – Vraiment ? Et tu as vu l'ombre passer ?

Le deuxième bossu. – Et je l'ai suivie comme tu l'avais dit.

L'ex-bossu. – Et tu t'es caché quand les sorciers et les sorcières sont arrivés ?

Le deuxième bossu. – Exactement, et j'ai vu leur danse et leur sarabande.

L'ex-bossu. – Et tu les as entendu répéter…

Le deuxième bossu. – Oui. « Tous les jeudis, les vendredis et tous les samedis. » Comme tu avais dit.

L'ex-bossu. – Et tu l'as répété aussi ?

Le deuxième bossu. – Oui.

L'EX-BOSSU. – Exactement ?

LE DEUXIÈME BOSSU. – Oui… Et tout seul aussi, comme tu l'avais dit quand le sorcier a donné son coup de sifflet et de tambour.

L'EX-BOSSU. – Tu es sûr ?

LE DEUXIÈME BOSSU. – Oui… Oui… J'ai sauté dans la clairière et j'ai crié : « Tous les jeudis, tous les vendredis et tous les same… »

L'EX-BOSSU. – Oui, oui, je sais… C'est étrange. Regarde-moi. Tu ne m'as pas menti ?

LE DEUXIÈME BOSSU. – Ah ! Non.

Un grand silence s'installe entre eux. L'ex-bossu regarde avec circonspection cette seconde bosse et ses souliers…

LE DEUXIÈME BOSSU. – J'ai juste dit… un tout petit… « tous les dimanches… » après « tous les samedis ».

L'EX-BOSSU. – Tu as dit « tous les dimanches » ? !

LE DEUXIÈME BOSSU. – Un tout petit. J'ai dit : « Tous les jeudis, les vendredis et tous les samedis et tous les dimanches. »

L'EX-BOSSU. – Ah ! Malheureux ! Mais Bossu, tu es fou ! Il ne faut jamais parler du dimanche à des sorciers. Jamais ! Voilà pourquoi ils t'ont rossé, battu, boxé et rendu encore plus bossu. Et tu n'as pas encore compris que parfois dans la vie il faut faire exactement ce que l'on te dit, surtout quand les sorcières et les sorciers te veulent du bien.

Le deuxième bossu pleure à chaudes larmes.

LE DEUXIÈME BOSSU. – Et il n'y a rien à faire ?

L'EX-BOSSU. – C'est difficile.

LE DEUXIÈME BOSSU. – Et maintenant j'ai deux bosses et toi tu n'en as plus. Bientôt tu m'oublieras.

L'EX-BOSSU. – À moins que j'aille à la clairière et que je demande au grand sorcier de t'enlever une bosse et de me la remettre.

Le deuxième bossu. – Tu ferais cela pour moi, pour ton ami Bossu qui est maintenant super-bossu ?
Tu es formidable, parce que c'est vrai je porte ta bosse.

L'ex-bossu. – Non. Le passé est passé. Et le grand sorcier ne le ferait pas.

Le deuxième bossu. – Alors tout est perdu, je n'ai plus qu'à me jeter dans l'étang.
J'y vais, je vais noyer mes bosses.

L'ex-bossu. – Attends… Ah, si tu étais courageux…

Le deuxième bossu. – Ah ! Oui ! Tu crois que ce n'est pas courageux d'aller se jeter dans l'étang la bosse en avant ?

L'ex-bossu. – Alors, attends, si tu es courageux on peut peut-être arranger ça…

Le deuxième bossu. – Dis toujours, mais je suis bien décidé ! L'enfant qui me verra flotter pourra courir au village en criant :

« Le chameau a voulu boire toute l'eau et il est tombé dans l'étang, venez voir. Regardez, il a la bosse qui flotte. Il a gonflé. Regardez, on dirait une grosse bouée. »

L'EX-BOSSU. – Tais-toi bonc. Fais voir ta bosse.

LE DEUXIÈME BOSSU. – Laquelle ?

L'EX-BOSSU. – Celle de devant. Allez, couche-toi sur le dos.

LE DEUXIÈME BOSSU. – Me coucher sur le dos ? Mais tu sais bien que je ne peux pas. Tous les bossus dorment sur le ventre. Et maintenant comment vais-je dormir ?

L'EX-BOSSU. – Assieds-toi et fais voir ta bosse de devant.

Il tâte la bosse de devant la faisant jouer comme une grosse pierre mal scellée.

LE DEUXIÈME BOSSU. – Eh ! Doucement !

L'EX-BOSSU. – C'est bien ce que je pensais... Accroche-toi. Ferme les yeux. Mais non ce n'est pas la peine d'ouvrir la bouche. Accroche-toi. Un, deux, un, deux, un, deux, trois. Et hop !

LE DEUXIÈME BOSSU. – Eh ! Oh ! Tu es fou !... *(Il se relève et se tâte.)* Mais où est ma bosse de devant ?

L'EX-BOSSU. – Et voilà, toutes les deux derrière. Fais-toi voir. Parfait, les sorciers ne te reconnaîtront pas. Maintenant tu vas filer à la forêt jusqu'à la clairière et cette fois-ci tu feras exactement comme je t'avais dit.

LE DEUXIÈME BOSSU. – Ah ! Non, j'ai bien trop peur, si ça tombe je vais me retrouver avec une bosse devant et deux derrière !

L'EX-BOSSU. – Tu es courageux oui ou non ?

LE DEUXIÈME BOSSU. – Ou bien je vais finir bossu par-devant, bossu par-derrière, et en plus bossu de la tête. Et toi, zéro la bosse !

Non, je n'y vais pas.

L'EX-BOSSU. – Tu préfères rester super-bossu ?

LE DEUXIÈME BOSSU. – Oui, tant pis ! Ça ne me gêne pas. Après tout on s'en fait tout un monde d'avoir une bosse. Et puis on en attrape deux, et on s'y fait. C'est comme tout. C'est la première qui compte. Et après, hop ! Tiens c'est comme les enfants ! C'est le premier qui coûte, après, hop ! hop ! Il paraît que ça va tout seul. Et puis les autres qu'est-ce qu'ils ont, hein ? S'ils ne sont pas bossus, ils sont ventrus, ou dentus, ou biglus, ou super-poilus, ou complètement tordus. Il y en a d'autres ce sont de vrais crapus, ou des affreux zapus, ou des lapus qui puent et même des biglus-tapus trop droitus qui n'ont rien dans la bossu… Tu vas voir, si ça continue, ça va être la révolte des bossus contre tous les méchants crapus, et je serai le chef rebelle de la tribu des bossus super-têtus.

À bas les crapus et les droitus ! Sus aux lapus biglus-tapus ! À bas les droitus !

L'EX-BOSSU *(interloqué)*. – Mais tu es tout seul, eh ! Bossu, eh ! Mais où tu vas, tu as trop bu ?

LE DEUXIÈME BOSSU. – Bien sûr que je suis tout seul, parce que tu m'as abandonné. Et tu m'as même refilé ta bosse !

L'EX-BOSSU. – Et comment tu vas ressemeler si tu restes tout bossu, tu pourras pas te plier, tu vas te retrouver bossu chomdu, et tout seul... Écoute, une dernière fois, tu es courageux, oui ou non ?

LE DEUXIÈME BOSSU. – Oui ! Non ! Je préfère l'eau glacée de l'étang.

L'EX-BOSSU. – Il est gelé.

LE DEUXIÈME BOSSU. – Tant pis, je casserai la glace, et dans le trou, hop, je plongerai la bosse en avant. Adieu ! Et c'est pas vrai, on est au printemps. Ou alors, si ! Je vais à la clairière mais à une condition, que tu m'accompagnes.

L'EX-BOSSU. – Seulement jusqu'au grand carrefour. Quand l'ombre arrivera je te quitterai. Ne t'en fais pas. Tout se passera bien. Ils ne te reconnaîtront pas, je te dis, et ils seront très contents d'entendre un double bossu répéter avec eux : « Tous les jeudis, les vendredis et tous les samedis ! »

LE DEUXIÈME BOSSU. – Et jamais les dimanches !

L'EX-BOSSU. – Tais-toi donc. Tu vas encore tout mélanger. Bon allons-y.

LE DEUXIÈME BOSSU. – Attends. Et dis donc, les sorciers, tu les as bien regardés.

L'EX-BOSSU. – Oui.

LE DEUXIÈME BOSSU. – Moi j'ai eu bien trop peur... Alors qu'est-ce qu'ils faisaient dans la clairière ?

L'EX-BOSSU. – Chut ! Je ne peux pas te

raconter. C'est impossible. Impossible.

Le deuxième bossu. – Si. Raconte.

L'ex-bossu. – Je ne peux pas, je te dis.

Le deuxième bossu. – Si, tu peux ! Je suis sûr que tu peux. Mais tu ne veux pas. Tiens, tu es un faux frère ! Quand je pense que je le découvre aujourd'hui. Tu ne veux pas, tu te méfies de moi.

L'ex-bossu. – Mais non.

Le deuxième bossu. – Mais si.

L'ex-bossu. – Bon, je te raconte mais tout bas à l'oreille, et tu ne le raconteras pas.

Le deuxième bossu. – Promis.

L'ex-bossu raconte à l'oreille du deuxième bossu une histoire folle.

L'ex-bossu. – … Et… et… et…

Le deuxième bossu pouffe de rire, etc.

Le deuxième bossu. – Non ?

L'ex-bossu. – Si ! Et… et… *(Il s'arrête.)*

Le deuxième bossu. – Et c'est tout ?

L'ex-bossu. – Penses-tu ! *(Il lui raconte à l'oreille à nouveau avec des tas de gestes.)*

Le deuxième bossu. – Oh !... Ah !... Ah !... Tant que ça... Oh ! *(Etc.)* Eh bien dis donc !

L'ex-bossu. – Chut !

Le deuxième bossu. – C'est tout ?

L'ex-bossu. – Pour aujourd'hui oui. C'est déjà pas mal non ?

Le deuxième bossu. – Comme tu dis. Dommage... *(Un temps.)* En tout cas ce sont des méchants sorciers et sorcières, des boxeurs-frappeurs. Regarde comment ils m'ont battu-boxu partout...

L'ex-bossu. – Ça c'est vrai. Ils t'ont sacrement arrangé. Bon allons-y, on doit être au carrefour avant la nuit. Allez viens.

Il le tire par la manche et ils partent. Quelques tours et ils arrivent au grand carrefour. Chacun s'assoit sur sa pierre.

L'EX-BOSSU. – Voilà l'ombre ! Allez courage, vas-y je t'attends à l'entrée du village.

LE DEUXIÈME BOSSU *(fait deux ou trois tours)*. – Le carrefour, la pierre ronde, la dent prémolaire de l'enfant préhistorique, et... l'ombre ! Celle-là, elle est encore plus pressée que l'autre... Ce qu'elle va vite. Heureusement que je connais le chemin. Tiens, elle s'arrête. Elle se retourne. *(Il se cache.)* M'aurait-elle vu ? Non, elle repart. Eh ! Bossu, rappelle-toi bien ce que tu dois dire ! « Tous les jeudis, tous les vendredis et tous les samedis », et top ! Ça suffit ! Ouf! Ça y est, voilà la clairière... Où sont les sorciers ? *(Il attend.)* Je n'ai pas la biglue, je n'ai pas les yeux pleins de brouillard. Non, il n'y a personne, pas un sorcier pas une sorcière ! Et c'est bien cette clairière, avec la grande lune...

Il avance au milieu. Derrière lui le chef des sorciers est apparu.

Le chef des sorciers. – Eh, toi ! Qui es-tu ?

Le deuxième bossu. – Moi ? Je suis Bossu, Bossu qui viens vous voir tous les soirs de « tous les jeudis, les vendredis et tous les samedis ».

Le chef des sorciers. – Tous les jeudis, les vendredis et les samedis ?

Le deuxième bossu. – Oui, tous les jeudis, les vendredis et les samedis, et…

Le chef des sorciers. – Et quoi ?

Le deuxième bossu. – Et, et, et, eh ! Eh !… Ouf !

Le chef des sorciers. – Ah ! Alors tu mérites une récompense. Que veux-tu ?

Le deuxième bossu. – Que vous m'enleviez ma bosse ! Elle est trop lourde, je ne peux plus la porter, je suis trop fatigué.

LE CHEF DES SORCIERS. – C'est comme si c'était fait, Bossu. *(Il saisit la hache et appelle.)* Eh là, vous autres !

LE DEUXIÈME BOSSU. – Mais j'en ai deux.

LE CHEF DES SORCIERS. – Qu'à cela ne tienne ! C'est comme si c'était fait. Tourne-toi. Elles vont rejoindre les autres planètes. Là-haut il y a de la place pour les bosses rondes de bossus. Et surtout quand les hommes sont fatigués de porter leur planète sur le dos.

Et le sorcier aidé des autres frappe deux grands coups et ils tirent du dos du bossu deux longs voiles rouge et blanc d'où s'échappent des oiseaux qui s'élancent tout droit vers ciel.

Le bossu se redresse tout étonné, et se découvre tout droit et curieusement en équilibre. Par habitude, il continue à garder la tête vers le bas comme un contrepoids. Les sorciers ont disparu. L'ex-bossu sort de la forêt et s'approche.

Le deuxième ex-bossu. – Toi ?! C'est toi ?

Le premier ex-bossu. – Moi.

Le deuxième ex-bossu. – Toi, Bossu premier !

Le premier ex-bossu. – Eh ! Oui, c'est moi, Bossu premier. Bossu second, dans mes bras !

Le deuxième ex-bossu. – Et tu étais là ? Et tu as tout entendu ?

Le premier ex-bossu. – Eh ! Oui, tout vu, tout entendu ; et j'ai bien cru que tu allais encore faire une sacrée bourde, quand tu as dit « tous les samedis, et… »

Le deuxième ex-bossu. – Et, eh ! Eh !… Tu as vu ça comme je l'ai rattrapée… Eh ! Eh ! et… hop, avalée ! Le grand sorcier n'y a vu que du feu.

Le premier ex-bossu. – Sacré Bossu second ! Et maintenant allons nous promener.

Ils marchent mais ils ont toujours la tête qui pique vers le bas. Une habitude ancestrale.

Le deuxième ex-bossu. – Eh, là regarde, un petit scarabée bossu ! Là, il file dans les herbes... Eh ! Eh ! petit, petit, petit bossu.

Le premier ex-bossu. – Il est par là...

Le deuxième ex-bossu. – Non, par là, eh ! eh ! petit, petit bossu... Petit, petit. *(Il poursuit le scarabée.)*

Le premier ex-bossu. – Eh ! Bossu, si on se perd, rendez-vous au grand carrefour !

Deuxième fin

Le deuxième ex-bossu. – Non, par là, eh ! eh ! petit, petit bossu... Petit, petit !... *(Il poursuit le scarabée.)*

Le premier ex-bossu. – Eh ! Bossu second, attends, attends !

Le deuxième ex-bossu *(s'arrête de poursuivre le scarabée).* – Oui ? Qu'est-ce qu'il y a ?

Le premier ex-bossu. – Je voulais te présenter…

Le deuxième ex-bossu. – Quoi ? Qui ?

Une jeune femme tenant un masque de sorcière et un violon à la main apparaît.

Le deuxième ex-bossu. – Qui c'est ? Mais j'ai la biglue. J'ai du brouillard, de la vapeur d'eau, de la brume dans les yeux… une… une… une sorcière… une jeune sorcière… Drôlement chic d'ailleurs cette jeune sorcière.

Le premier ex-bossu. – Eh ! Oui… Enfin, pas tout à fait une sorcière. Elle vient assister seulement tous les samedis soirs…

Le deuxième ex-bossu. – Et c'est là que vous vous êtes rencontrés ? Toi, toi, Bossu premier… Ah ! Ben, ça alors si je m'en doutais. Non ! Je n'y crois pas. Ça y est j'y suis ; c'est l'ombre ! C'est l'ombre qui t'a conduit à la clairière… *(Il s'approche et il la touche.)* Mais non… Ce n'est pas une ombre ! *(Il lui* *sert la main, et à Bossu premier aussi.)* Félicitations ! Toutes mes félicitations ! Ah ! Tiens revoilà le petit scarabée bossu. Eh ! Eh ! Petit bossu… Petit, petit… Viens là… Eh ! Petit bossu… Eh… Eh…

Il le suit.

LE PREMIER EX-BOSSU *(le voyant disparaître).* – Eh, si on se perd, rendez-vous au grand carrefour ! Ou rendez-vous la semaine prochaine à la grande clairière sous la lune, t'es invité Bossu second !

LE DEUXIÈME EX-BOSSU *(de très loin).* – J'y viendrai ! Mais avant faut que je rattrape ce petit bossu. Eh ! Eh ! Petit scarabée reviens, attends-moi, eh ! Petit, petit…

Achevé d'imprimer en février 2022
sur les presses de la Nouvelle Imprimerie Laballery 58500 Clamecy
Dépôt légal : avril 2005 - N° d'impression : 112043
N° d'édition : MAGSI20211077

Imprimé en France

La Nouvelle Imprimerie Laballery est titulaire de la marque Imprim'Vert®